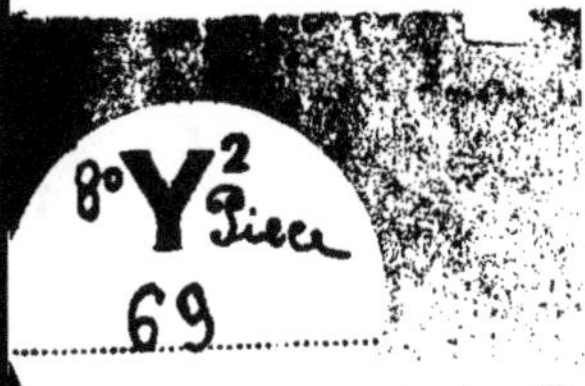

LE LENDEMAIN

DE

LA TOUSSAINT

NOUVELLE

PAR

CHARLES EDMOND

(Extrait de la *Revue alsacienne* de mai 1878.)

PARIS
BERGER-LEVRAULT ET Cie, ÉDITEURS
5, RUE DES BEAUX-ARTS, 5
MÊME MAISON A NANCY

1878

LE LENDEMAIN DE LA TOUSSAINT

(*Nouvelle.*)

Vogelbusch (Alsace), 2 novembre 1877.

Dans le cours d'une longue existence qui s'approche rapidement de son déclin, j'ai souvent caressé le rêve de passer une année, une saison au moins, — la mauvaise, — sous le beau ciel du Midi, en Provence, voire même à Naples.

Et pourquoi pas, s'il vous plaît? Du moment qu'un pauvre instituteur de la petite commune de Vogelbusch, perdue dans un repli des Vosges, à moitié chemin environ entre Saverne et la Schlittenbach, se met en tête d'évoquer des rêves; du moment qu'il se laisse bercer par eux, il ne lui en coûte pas davantage de les étendre tout de suite dans des proportions grandioses, incommensurables, chimériques!

La loterie n'existant pas en Alsace, et, du reste, quand bien même elle y eût été établie, moi-même me trouvant, par toute sorte de motifs, à l'abri de la tentation de lui porter mes économies, il est certain qu'à moins d'un hasard inexplicable le gros lot ne serait jamais tombé dans mon escarcelle. Or, en dehors de cette aubaine, je n'entrevoyais nul autre moyen de me transporter pour quatre ou cinq mois au pied du Vésuve.

J'ai dû, en conséquence, me contenter de parcourir le monde dans les récits des voyageurs, trop heureux lorsqu'une gravure me mettait à même de me rendre mieux compte d'un volcan, orné de son panache de fumée.

Mais ce jour-là, — c'était le 2 novembre, — on m'eût proposé un horizon illuminé de tous les feux des tropiques, que j'eusse refusé de l'échanger contre le vieux ciel de notre bonne Alsace.

Il était pourtant, ce 2 novembre, singulièrement maussade. L'atmosphère ne faisait qu'un seul gros nuage, lourd, plombé, immobile et penché si bas, qu'on n'apercevait point les sommets des premiers peupliers qui bordent la route conduisant à Saverne. Un froid précoce mordait sur les dernières fleurettes que l'automne avait jusqu'ici laissées intactes, pour consoler, disait-on, la nature de son prochain départ. Les feuilles des arbres, saisies de cette rigueur prématurée, frissonnaient d'effroi. Un premier souffle d'hiver, mais qui, poussé à cette époque, présageait pour bientôt une rude saison. En somme, un lugubre crépuscule qui, commencé avant l'aube, promettait de se prolonger jusqu'à la nuit. Quand la nature se met à broyer du noir, rien n'égale la profondeur de ses tristesses.

Ce temps, si inhospitalier à première vue, s'appropriait d'autre part merveilleusement à la circonstance, puisque nous étions au 2 novembre, Jour des morts. Je le dis en toute sincérité, car malgré ma prédilection pour les contrées méridionales, j'ai toujours, dans ma pensée, associé leurs charmes aux joies de la vie, et nullement à ses chagrins. Des fiançailles, un mariage, un baptême, une fête de famille, sous un ciel bleu, en face d'une mer vermeille, se déroulant à travers des sentiers fleuris, la musique en avant, les chants gais à la suite; les jeunes filles en blanc ou en rose, les hommes en vêtements clairs et en chapeaux de paille campés sur l'oreille, — à la bonne heure! Voilà un ensemble assorti, je l'espère! Tout y appelle la vie, et celle-ci répond joyeusement au milieu enivrant qui la pénètre.

Mais la mort et tout ce qui s'y rattache détonnent en présence de semblables apprêts. Par miséricorde pour les agonisants, par pitié pour ceux qui survivent, l'heure suprême ne devrait sonner qu'en l'absence du soleil et, autant que faire se peut, à cette période de l'année où la nature elle-même s'engourdit dans son repos temporaire. On souffre moins lorsque, de tous côtés, le deuil semble vouloir se joindre à l'amertume de nos propres peines. C'est peut-être pour cela qu'en général la mort frappe de préférence la nuit plutôt que le jour.

Une nouvelle coutume, que je ne me rappelle pas avoir vu pratiquer dans ma jeunesse, veut que l'on fasse disparaître sous des bouquets et des couronnes de fleurs le cerceuil s'acheminant vers le cimetière. Des roses, du muguet, des violettes, du lilas, tout un étalage de fête que l'on associe à la douleur et à la décomposition.

Une contradiction, une ironie!

De mon temps, les immortelles seules étaient d'usage. Vraies fleurs de la mort, mort-nées pour ainsi dire elles-mêmes, par leur sécheresse et leur impassibilité, elles protestaient contre la destruction. Elles promettaient de durer aussi longtemps au moins que le regret qui les avait tressées en couronne. Mais les autres! si diaprées, si frêles, diaphanes, délicates, du moment qu'on ne leur permet pas de vivre sur leurs tiges, n'est-il pas plus juste de les faire expirer dans l'opulente chevelure de la jeune fille ou bien de leur laisser exhaler leur dernier parfum à son corsage virginal!

Plongé dans ces pensées, je mettais la dernière main à ma couronne d'immortelles. Un coup de ciseaux par-ci; un bout de fil par-là; une agrafe de perles noires en forme de croix pour bien serrer le tout; c'est singulier à quel point j'avais acquis le procédé de fabriquer ces sortes d'emblèmes funèbres!

Et cependant, je ne m'en occupais qu'une fois par an, et je n'en étais jusqu'ici qu'à ma douzième couronne, ma pauvre chère femme Gertrude étant morte il y a douze ans de cela.

Mon ouvrage achevé, et il en était temps, car, sans m'en trop rendre compte, une brume intérieure me montait aux yeux; je revêtis ma houppelande, enfonçai ma grosse casquette sur la tête, passai la couronne à mon bras gauche, et, appuyé sur le corbin de ma canne, je me dirigeai vers le cimetière de Saverne.

Ah! la vie! Si l'on savait ce qu'elle nous réserve, si on ne nous l'infligeait que sauf notre consentement, je connais des hommes, moi le premier, qui eussent volontiers choisi autre chose.

Pas d'enfants, veuf, à vrai dire orphelin de ma femme, je me demande quel intérêt ai-je à traîner encore mon boulet dans ce monde? Enseigner aux petits enfants la lecture, la calligraphie, le calcul, il s'en trouvera pour cette besogne de plus jeunes que moi. Ceux-là même seront peut-être tentés de ne leur apprendre que du nouveau, tandis que moi je m'efforce sous main à ne pas leur laisser oublier ce qui malheureusement n'est plus.

Le brouillard se lève pesamment. Il double les nuages qui s'amoncellent et se bousculent, chassés par un vent âpre et pénétrant. Le ciel devient de plus en plus sombre et orageux. Le soleil n'existe que pour mémoire; il ne fonctionne quelque part dans les régions perdues que pour lui tout seul.

Pourvu que je n'aie rien oublié à la maison!

Non. La porte est fermée à double tour.

Et ma pipe! et mon sac à tabac! Les voilà; je les sens qui ballottent dans ma poche.

Au sortir du cimetière, bras dessus, bras dessous avec mon vieux compère Samuel Schnœpfenspeck, que serais-je devenu sans cet accessoire indispensable qui, avec des flocons de fumée, remplit si bien les lacunes de la parole. Car il sera là, fidèle au poste, l'ami Samuel. C'est mon voisin de tombe. Nos deux femmes reposent côte à côte. Elles voisinaient de leur vivant, elles continuent depuis, dans l'éternel silence.

Voici enfin la porte du cimetière. Les gonds rouillés comme d'habitude. On a de la peine à l'ouvrir, et une bien autre peine quand elle s'est ouverte.

Mon cœur se serre chaque fois que je pénètre dans ce triste enclos. La même angoisse me reprend depuis douze ans qu'au Jour des morts j'ai accompli mon premier pèlerinage.

Samuel m'a devancé. Cet homme, en dépit de son flegme apparent, est d'une activité prodigieuse. En moins de rien il a terminé son ménage. Les herbes folles qui envahissaient la tombe de sa défunte, sont déjà enlevées; la petite rigole par où s'écoule la pluie, nettoyée à fond; la croix de fer avec son inscription tumulaire au milieu, reluit comme si l'on venait seulement de la poser; la fraîche couronne d'immortelles l'entoure de son cercle d'or.

La besogne ainsi achevée, Samuel ôte son bonnet, s'agenouille et prie.

Il prie ou bien il s'absorbe dans les pensées vagues et les souvenirs lointains, on ne saurait trop l'affirmer, car ses lèvres restent immobiles.

Sa tête chenue, penchée sur sa poitrine, a beaucoup vieilli depuis un an. Ses yeux, surmontés de sourcils blancs en broussaille, fixés sur la légère boursouflure du gazon, semblent, par un travail lent, vouloir pénétrer jusqu'au couvercle du cercueil qui abrite les restes de sa compagne. Une grosse larme, échappée de sa paupière, s'arrête un instant dans une profonde ride de sa joue et finit par couler sur sa moustache. L'autre œil a dû en fournir une pareille; je le présume, du moins, car je ne vois le vieux garde forestier que de profil.

Ah! pour celui-là, on peut en répondre, il ne se consolera jamais.

A mon tour, maintenant, de procéder à ce qui me reste à faire.

Bientôt les deux tombes n'ont rien à s'envier l'une à l'autre.

Samuel me sait à ses côtés, mais il ne me regarde pas. Ce sera pour plus tard.

Moi aussi, je n'oserais pas le troubler dans ses méditations. D'ailleurs j'ai la tête à autre chose. Ma pauvre Gertrude !

Ses traits s'estompent dans mon souvenir. Je la vois dans sa première jeunesse, puis en même temps à son âge mûr, enfin à son déclin. Ces diverses images passent si rapidement, se confondent si bien dans ma pensée, que si j'avais à reproduire sa figure, il en sortirait plutôt un fantôme qu'une personne réelle.

Mais ce qui m'en reste de tout à fait vivant dans la mémoire, c'est sa voix. Cette partie presque immatérielle du corps humain est la seule qui défie les altérations et les morsures du temps. Je n'ai qu'à fermer les yeux, à me replonger dans le passé, pour entendre la voix de Gertrude. Elle avait un rire qui est demeuré jeune jusqu'à la fin de ses jours, des chuchotements particuliers lorsqu'elle me parlait à l'oreille, une manière à elle de me gourmander quand elle me voyait insuffisamment vêtu par le froid, ou bien en été, flânant tête nue au grand soleil. Et quelle gravité sonore prenait son organe lorsqu'en devisant avec ses voisines, pour rendre son argumentation invincible, elle l'appuyait de paroles prononcées, pas plus tard que la veille, par son mari !

A l'école, les enfants parfois me faisaient enrager outre mesure. J'en mettais un en pénitence. Rentré chez moi, Gertrude, rien qu'à certains plis de mon front, reconnaissait que ce jour-là il y avait eu bourrasque et qu'un coupable gémissait sous les verrous. Elle tournait autour de moi, dérangeait les chaises pour attirer mon attention, puis s'appuyant sur le dossier de mon fauteuil :

— Pardonne-lui, disait-elle, cette fois-ci encore, la dernière ! Il ne recommencera plus. Laisse moi-le gronder. Ah ! je te promets qu'il aura son compte. Allons, voyons ! un bon mouvement !

A ces regards, à ces paroles je sentais le cœur se fondre en moi. Pour toute réponse, d'un air en apparence renfrogné, je lui tendais la clef. Elle courait vite ouvrir la cage, et l'oiseau captif s'envolait en battant des ailes.

Elle aimait les enfants à la passion. Des enfants qui, après tout, lui étaient absolument étrangers. Aurait-elle assez adoré les siens! Dieu lui en a refusé.

Ah! la pauvre femme n'a pas connu grandes joies sur cette terre. Celle-ci lui sera pourtant légère, car elle n'abrite dans la dépouille de ma défunte que le souvenir des plus exquises, des plus divines qualités: la résignation, la douceur, le dévouement, le bonheur cherché jamais ailleurs que dans le contentement d'autrui. Je cachai mon visage dans mes mains et serrai les dents pour étouffer un sanglot qui m'étreignait à la gorge. J'avais un peu honte de m'abandonner devant le forestier à ces démonstrations extérieures de mon chagrin.

Samuel était déjà debout. Il me salua alors pour la première fois et me tendit la main.

Je répondis par le même geste. Les sentiers entre les tombes étant fort étroits, l'un à la suite de l'autre nous quittâmes en silence le cimetière.

— Compère, vous n'oubliez pas, dit le forestier, que pour le coup, c'est chez moi que nous allons casser la croûte. Vous n'avez pas, je suppose, l'intention de me chicaner, selon votre habitude?

— Quand bien même je l'eusse oublié, Samuel, on ne compte pas entre amis. En avant donc, et serrons les rangs tant que nous sommes encore sur pied.

— Aujourd'hui surtout, je ne me sens pas à mon affaire, reprit le forestier. Dans le courant de l'année, je tâche de me secouer de mon mieux; mais le jour des morts, la maison me paraît horriblement vide. L'idée de m'attabler tout seul me tourmente. Je n'ai plus ni faim, ni soif. Voyons, compère, si nous allongions un brin le pas? Il ne fait pas chaud.

— C'est-à-dire que l'on se croirait au début de l'hiver, et d'après le calendrier nous avons encore devant nous deux mois d'automne.

— Vos calendriers ne tombent pas du ciel. On les fabrique à Saverne. Belle raison pour qu'ils soient infaillibles.

— De mon temps, ils s'accordaient mieux avec les saisons. A présent, ils battent souvent la breloque. Il y a quelque chose de détraqué là-haut ou ici-bas.

— Tout se détraque, à commencer par nous autres. Cependant, malgré l'âpreté du vent, je croirais volontiers que le ciel nous ménage une surprise.

— Laquelle ?

— Regardez voir ces nuages ; ils courent au Nord, comme s'ils sentaient le diable en personne à leurs trousses. Mais au Nord, là-bas, derrière le clocher, la place semble être déjà prise. Il y en a d'autres en gros paquets et immobiles. Cela finira par une rude bousculade.

— Un orage ?

— Avec une averse de neige fondue. Faut-il que vous soyez clampin pour ne pas avoir pris votre parapluie ?

— Et vous donc ?

— Moi aussi. Dépêchons-nous !

Le forestier prévoyait cette fois-ci plusieurs heures à l'avance. Nous rentrâmes à sec sous son toit, et bientôt, attablés l'un en face de l'autre, on ne songea plus à ce qui pouvait se passer dehors.

Le bouilli était, il est vrai, de la veille, mais personne, à dix lieues à la ronde, ne surpassait Samuel dans l'art de l'accommoder aux cornichons. Il se servait sans doute, à cet effet, d'une recette de famille. L'oignon y jouait un certain rôle. On le sentait au goût, sans l'apercevoir en nature. Il y a des raffinés qui préfèrent dérober à la vue l'intervention dans leur cuisine de cette plante bulbifère. Samuel était du nombre ; ce n'est pas pour la première fois que j'en faisais mentalement l'observation.

Une bouteille à long col effilé, de ce fameux vin blanc de Moselle, qui vaut le nectar comme boisson, et comme remède contre les maux des reins et la gravelle, n'a pas son pareil dans la pharmacopée, avait déjà disparu. Le forestier la remplaça discrètement par une autre. Je fis semblant de n'y rien voir, afin de faire plus dignement honneur à son hospitalité.

Une salade de pommes de terre au lard, relevée d'un hareng saur coupé en tranches menues, couronna noblement la réception cordiale que m'offrait mon brave compère. Tout seul, le bouilli m'eût suffi, et au delà. Mais en société on dépasse, sans y prendre garde, la mesure de ses besoins. Cette sorte de salade, d'ailleurs, a de temps immémorial exercé sur moi des tentations irrésistibles. Enfant, jeune homme, vieillard, elle a toujours été mon grand régal. Aussi en est-il bientôt resté juste de quoi faire dîner une mouche.

Il était temps de respirer à pleins poumons. Après un travail si consciencieux, le repos nous revenait de droit. J'ouvris l'avis d'en prendre à haute dose.

— Et une chope avec! répondit le forestier en enlevant la vaisselle, tandis que d'un souffle puissant il faisait disparaître les miettes de pain.

La proposition était régulière et au suprême degré hygiénique. Il est démontré que la bière constitue un puissant digestif, et qu'après un repas plantureux on peut impunément, on doit même en absorber des quantités considérables. La pipe d'autre part se passerait difficilement du cruchon. Ce que l'une dessèche, l'autre rafraîchit, et les deux, en dernier résultat, se traduisent pour la santé en un bienfaisant équilibre.

Samuel remplit les chopes, et m'invitant à trinquer :

— Buvez au moins un bon coup, s'écria-t-il, afin qu'il ne soit pas dit que vous vous faites tirer l'oreille aussi bien pour boire que pour manger.

— Çà, compère, voilà par exemple le dernier reproche auquel je me serais attendu. Non-seulement j'ai mangé, mais j'ai dévoré.

— Grignoté, le mot serait plus juste.

— Je regrette qu'il n'y eût point ici un troisième larron pour me voir à l'œuvre. Il m'eût décerné non pas un accessit, mais un premier prix d'appétit. Que tout en faisant honneur à votre repas, j'y eusse mis de la modération, c'est certain. Que voulez-vous, la sobriété est devenue pour moi une seconde nature.

— Pas trop n'en faut.

— Je m'en suis toujours bien trouvé. Dans ma jeunesse, je me laissais parfois entraîner, mais, à partir de mon mariage, ma femme a mis bon ordre à ces incartades. Elle réglait aussi bien ma vie, que notre coucou de la Forêt-Noire. C'est à ses conseils, à ses soins, à sa sollicitude que je suis redevable de m'être conservé, tel que vous me voyez, à l'âge de soixante ans, sans compter les mois de nourrice.

Le forestier ralluma pour la quatrième fois sa pipe. Je ne devine pas comment il s'y prenait, mais à chaque instant il la laissait s'éteindre, sa pipe, ce qui ne l'empêchait point de la pomper tout de même à froid. Puis, expirant une épaisse bouffée :

— Avec ma pauvre défunte, dit-il, ç'a été le contraire. Elle insistait volontiers auprès de moi sur la nourriture. Mieux encore. Lorsque je me trouvais indisposé, — chose qui m'arrivait rarement, — ma femme s'accusait-elle même de mon malaise, et affirmait qu'il m'était survenu parce qu'elle avait négligé de me préparer tel ou tel autre plat qui eût suffi à me tenir en parfait état de santé. La difficulté consistait à ne pas se tromper, à tomber juste sur la pâtée en question. Fallait la voir alors, comme elle se mettait martel en tête. Que de recherches, que d'imaginations! Bon! disait-elle, voilà ton rhumatisme qui te reprend encore à la jambe! C'est ma faute à moi! Si je t'avais donné hier une solide écuellée de choucroute à l'étouffée, cela ne serait pas arrivé. Mais, il n'y a pas de temps perdu. Nous la ferons déguerpir, cette vilaine douleur. Là-dessus elle retroussait ses manches et, vaillante ménagère en besogne, peu après elle parfumait la chambre de l'exquise odeur du remède.

— Et vos douleurs partaient, compère?

— Comme par enchantement. D'autres fois, au dégel surtout, après une longue tournée en forêt, je rentrais brisé, moulu. Le corps trempé par la pluie, la tête en feu, j'éprouvais des oppressions affreuses; des meules sur la poitrine, quoi! Vite, alors, du boudin grillé sur la braise, et un plat..... non, pas un plat, une montagne de nouilles.

— Et le mal disparaissait?

— A l'instant même. Contre les maux de tête, les embarras d'estomac, elle ne connaissait rien de plus efficace qu'une bonne grosse tarte, une quiche au fromage, pour parler la langue de notre pays.

— Ou bien aux zwetches?

— Oui, aux zwetches, ces jolies prunes bleues que Dieu lui-même ne trouverait pas ailleurs qu'en Alsace.

— Et cela vous réussissait?

— A merveille. Il n'y a pas jusqu'au mal de dents, et avec fluxion encore, entendez-vous! avec une fluxion énorme de chaque côté du nez, dont elle ne serait pas parvenue à me débarrasser par un moyen bien simple, fort naturel.

— Lequel?

— Elle avait une manière à elle de vous mijoter du veau à la casserole, dont je regrette qu'elle ait emporté le secret dans la tombe.

— C'est fâcheux, en effet.

— Elle y mettait, autant que je me le rappelle, du lard fumé; puis divers ingrédients, du thym, de la marjolaine, des feuilles de laurier et autres herbes pareilles. Le lendemain, on se réveillait frais, dispos, maigri de toute la fluxion disparue, et avec des dents de crocodile.

— C'est prodigieux. En fait d'herbes, ma Gertrude, elle aussi, en ramassait à foison. Mais la cuisine n'avait rien à y voir. C'étaient des bottes de sauge, de verveine, de lavande, et une foule de plantes de toute espèce, pourvu quelles exhalassent bonne odeur.

— A quel propos?

— Elle en fourrait par brassées dans son linge. Oh! le linge, c'était là sa principale passion. Le jour de la grande lessive, elle ne connaissait plus personne. Et gare au Ciel s'il s'avisait de faire pleuvoir au moment du séchage. Elle l'apostrophait de façon à ne pas édifier notre vieux pasteur, lequel, entre nous soit dit, a souvent tort de prendre trop au sérieux ces innocentes boutades.

— Dame! chacun son métier.

— En revanche, ses draps, ses chemises, ses torchons rentrés sous le toit, la bonne humeur, le sourire ne la quittaient plus. Avec quelle gravité superbe elle étirait, repassait, pliait ses richesses. La maison en était encombrée. Plus moyen de s'asseoir.

— Blanc partout! comme au domino.

— Précisément. Mais le grand plaisir n'est pas d'étaler; c'est surtout de ranger dans les armoires. Chaque chose sur son rayon, à sa place, de manière à ce qu'on puisse le retrouver les yeux fermés. Et de la symétrie dans l'arrangement. Tel paquet au fond, celui-là sur le devant, les bonnets à garniture tuyautée au-dessus, les bas soigneusement roulés dans les coins, les serviettes à franges débordant un peu. Elle avait pas mal de linge qui datait encore de son trousseau. Et cela embaumait lorsqu'on ouvrait les armoires à deux battants! Songez donc! avec toutes ces lavandes, toutes ces verveines.

— Rien de tel que la propreté dans un ménage, interrompit le forestier en posant le troisième cruchon de bière sur la table.

— Oh! sous ce rapport, de longtemps il n'y aura pas au

monde une seconde femme comme Gertrude. Du linge malpropre sur les autres l'offusquait presque autant que si elle l'avait senti sur elle-même. Les enfants de mon école la pénétraient à ce propos d'indignations farouches. Un jour, — je ne l'oublierai jamais, — elle avisa deux garnements dont les chemises, il faut leur rendre cette justice, affectaient l'air d'avoir ramoné plusieurs cheminées. Aussitôt elle les appréhende au collet, les pousse au fond de la cuisine, les débarrasse en un tour de main de leurs vêtements, enlève les deux guenilles, fait rentrer les drôles dans leurs vestes et leurs culottes, qu'elle a soin de boutonner hermétiquement, et enfin me les renvoie sur les bancs de la classe. Elle les rappela à la sortie de l'école et les deux petits coururent se présenter chez leurs parents, en chemises éblouissantes de blancheur. Ceux-ci, à coup sûr, n'auraient pas mieux demandé que de faire recommencer la surprise. Inutile d'ajouter que la leçon n'a point servi.

— Ils auront pris encore le bienfait pour une injure, sous prétexte qu'en décrassant les enfants, on se mêlait de choses qui ne regardaient que la mère. Cela me rappelle ma défunte, qui, pendant un certain temps, avait vécu en proie à l'idée fixe de médicamenter tous les traînards, tous les éclopés du pays. Pour les entorses spécialement, les fractures, elle rendait des points au fameux rebouteur de Saverne. Un jour, Hans, le vieux schlitteur, le gros, — vous le connaissez, — celui qui a la trogne rouge comme une pivoine, et pour cause, se foula le pied à deux pas de chez nous. Ma femme aussitôt tire de l'armoire un pot de graisse préparée à cet usage ; elle frictionne à Hans la cheville, lui masse le pied, le lui étreint ferme avec un bon bandage de toile ; puis elle lui recommande, afin de terminer la guérison, d'humecter constamment le linge avec du gros vin bleu, c'est-à-dire moitié vin, moitié lie. La cuiller aurait pu y tenir debout. Le remède, bien entendu, était fourni *gratis pro Deo*. Hans, clopin-clopant, regagne sa paillasse. Et des remerciements! et des bénédictions! Le lendemain, ma femme, qui avait l'amour-propre de ses cures, va faire visite à son malade. Hans, tout guilleret, se chauffait au soleil et fumait sa pipe. On passe l'inspection du pied. Le bandage était intact et immaculé. Pas la plus légère tache de vin dessus. Voyons la bouteille! Elle était vide.

— Le malheureux! je devine.

— Tout juste. Il s'était administré le remède à l'intérieur, jusqu'à la dernière goutte.

— Et son pied ?

— Guéri ; plus solide que l'autre, qui n'avait rien eu. Le triste effet de la cure fut que, depuis, tous les béquillards du pays, assoiffés selon leur coutume, venaient à la maison quémander le grand remède contre les douleurs aux jambes. Ç'a été le diable que de s'en dépétrer.

— Gertrude, elle, ne donnait pas dans la médecine. Elle gardait cependant quelques recettes pour des cas exceptionnels, et d'autre part inoffensifs. Ainsi, par exemple, afin de lui complaire, je ne me faisais couper les cheveux qu'à la nouvelle lune.

— Un moyen comme un autre ; excellent peut-être ! Vous auriez dû, compère, me le communiquer dans le temps, continua le forestier en promenant sa main sur son crâne luisant et poli comme une bille d'ivoire.

— Vous n'avez rien à regretter, repris-je avec une arrière-pensée d'aimable politesse ; la calvitie sied à l'âge mûr. Voyez en peinture les prophètes, les pères de l'Eglise. Tous de la barbe et pas un cheveu sur la tête. Cela ne les a pas empêchés de faire leur chemin dans ce monde et dans l'autre.

— Je leur envie le second, car, entre nous, maintenant que je vis esseulé, j'en ai par-dessus mon crâne chauve du premier. Finissez donc votre chope, compère ! Qui sait si l'année prochaine, à pareille époque, vous ne serez pas tout seul à vous régaler.

— Ingrat ! Samuel, vous n'êtes qu'un ingrat ! Si votre pauvre femme pouvait vous entendre ! Quel est celui de nous deux qui aurait le droit de geindre ! Quand je pense que moi je ne trouverai peut-être pas un être vivant pour me fermer les yeux. Ni famille, ni parents, ni cousins ; personne ! Votre femme vous a laissé au moins une fille. Et quelle fille ! Cherchez-en une autre semblable. Voulez-vous la chercher, oui ou non ?

— Inutile ; je n'en trouverais point.

Soudain, bondissant de mon siége et assénant sur la table un coup de poing à faire tressauter les cruchons et les chopes, je m'écriai :

— Tonnerre ! nous sommes là depuis deux heures à nous gorger, à rabâcher, et nous n'avons pas encore bu à la santé d'Angèle! Pauvre enfant! A quoi lui sert d'avoir un père comme vous, un parrain comme moi?

Le forestier sourit dans sa barbe, et amena sur la table un cruchon frais, écumant de bière.

— Tout vient à point à qui sait attendre, dit-il. Angèle a, dès son berceau, été un modèle de patience.

— Le gros coupable, je le connais, repris-je. J'aurais dû, moi, commencer par vous demander de ses nouvelles.

— J'en reçois tous les mois, régulièrement. Angèle se trouve bien d'avoir suivi son mari. L'Algérie c'est toujours la France.

— Du travail, du pain, de la santé, et un beau soleil par-dessus le marché. Ce n'est pas que cela remplace, mais tout de même ça console un peu. Pas de grande végétation, m'a-t-on dit?

— Si, des chênes liéges magnifiques. Faudra voir cela un jour.

— Est-ce que, sérieusement, vous auriez l'intention?...

— Pourquoi pas? Encore une couple d'années, et j'aurai pris ma retraite, et je serai libre.

— Attendez au moins que je sois mort, dis-je après un moment de silence, en mordillant, non sans une vague tristesse, le bout de ma pipe. Samuel était le dernier ami qui me restât.

— Cette bêtise! dit-il. Qu'est-ce qui nous empêcherait de faire route ensemble? Un homme éduqué gagne partout sa vie. Les enfants de notre sang ne manquent point par là. Angèle en a déjà deux pour son compte : un garçon qui s'appelle Samuel, comme moi. Vrai diable! il fait, à ce qu'il paraît, endéver ses parents. Berthe, la petite fille, est en revanche une merveille de douceur, de tendresse, et câline!

— Comme sa mère, alors!

— Comme sa mère, c'est beaucoup dire. J'en serais fort surpris.

— Le fait est qu'il m'est passé pas mal d'enfants par les mains, mais de ma vie je n'ai rien vu de comparable à ma filleule Angèle.

— N'est-ce pas!

— Vous vous la rappelez lorsqu'elle était pas plus haute que ça?

— Si je me la rappelle, bon Dieu! Quand j'y pense, c'est

surtout à ses premières années que mes souvenirs se rapportent.

— Le bouton de la fleur nous fait parfois rêver plus que la fleur en pleine éclosion, plus que le fruit.

— Je n'aurais pas trouvé votre expression, compère, mais il est certain que dans le bouton on voyait déjà tout ce à quoi nous avons assisté depuis. Seulement, lorsque les enfants sont petits, il semblerait qu'on les aime davantage.

— Parce qu'ils sont plus faibles. A chaque instant ils ont besoin de notre aide, de notre soutien. On leur en sait gré.

— Celle-là surtout. Nous sentions si bien qu'elle ne pouvait se passer de ses parents.

— Ajoutez que la chère mignonne avait une tête comme on en voit rarement.

— Et des yeux foncés, si tendres, si profonds. Des yeux de chevrette.

— Dans ce corps d'enfant, l'âme regardant à travers les yeux, semblait déjà grande.

— Les autres enfants, lorsqu'ils boudent, ou qu'ils pleurent parce qu'ils se sont cognés, ou qu'ils ont du mal, — je l'ai toujours remarqué, — recherchent volontiers les petits coins. Ils se fourrent alors les poings dans les yeux et braillent que c'est un vrai sabbat. Notre petite n'a jamais usé de ces déplorables façons. De même qu'elle partageait avec les autres ses plaisirs, elle se serait gardée de réserver pour elle seule ses chagrins et ses souffrances. En ce dernier cas, je n'avais qu'à lui ouvrir mes bras; elle courait vite se blottir dans mon sein; elle y cachait son visage, et je sentais ses pauvres larmes couler sur ma poitrine. L'apaisement ne se faisait pas attendre. La même chose dans ses maladies, dans ses convalescences. Elle se trouvait mieux dès que je la prenais sur mes genoux. Autant dire qu'elle ne les quittait pas, jusqu'au moment où je la déposais endormie dans son dodo. C'est au point que sa mère s'en montrait parfois jalouse; pour de rire, bien entendu.

— Et elle vous avait des reparties, fis-je à mon tour, mais des reparties à se tenir les côtes! Tenez! elle ne comptait pas plus de quatre ans, lorsqu'un jour je lui apportai une imagerie d'Épinal représentant toutes sortes d'animaux. L'éléphant fixa particulièrement son attention. Il a fallu lui raconter les moindres détails sur cette énorme bête; en quoi étaient faites ses défenses, sa trompe; comment elle s'y prenait pour manger, boire, se coucher, marcher, courir. La petite se mettait alors elle-même à quatre pattes, et sur mes indications imitait les lourdes allures du pachyderme. « — A la bonne heure! lui disais-je; à te voir ainsi on te prendrait pour l'éléphant en personne! » Mais alors elle exigea, à grand renfort de baisers, que je lui donnasse à mon tour la représentation de la démarche du singulier animal. Le moyen de lui résister! Elle battait des mains, trépignait de joie, et finit par me monter sur le dos. « — Tu es très-gentil, criait-elle: je t'aime bien! je te prends pour mon *léléphant;* tu seras maintenant mon *léléphant* à moi. » Dans son aimable ignorance, elle fondait l'article et le substantif en un seul mot. Une fois à mon école, grâce à ma méthode, elle a su, avant tous les autres enfants, établir la distinction.

— Oh! elle était maline, reprit le forestier. Et avec cela du caractère! Je ne plaisante pas. Écoutez ceci : Un soir, avant le coucher du soleil, — c'était un samedi, — j'attendais pour le lendemain du monde, et je tenais à ce que notre jardinet fît propre figure aux yeux des étrangers. Un vigoureux coup de râteau me sembla indispensable. Je procédai à la besogne, et de si bon cœur, qu'en ratissant à grands tours de bras, je ne pensais plus à Angèle qui, selon son habitude, courait autour de moi après les papillons et gazouillait comme un oiseau. A un moment, je donnais un coup de râteau plus hardi que les autres, lorsque, en rejetant le bras, je sentis derrière moi de la résistance, un choc, un bruit sec. Grand Dieu! c'était la pauvre petite! Je ne l'avais point aperçue! Elle s'était plantée derrière moi sans mot dire, et me regardait faire. Le maudit manche avait porté au-dessus de ses yeux, juste au milieu du front. Je n'avais plus une goutte de sang dans les veines. Lui aurais-je cassé la tête? Et des cris! des pleurs! Je la saisis dans mes bras. L'enfant, à travers ses larmes, vit sans doute mes yeux désespérés, ma figure bouleversée, pâle. Pourquoi ne me suis-je pas cassé plutôt mes deux bras, mes deux jambes! De ma vie je n'avais ressenti pareil effroi. Les cris, les pleurs s'arrêtèrent soudain. « — Ce n'est rien! ce n'est rien! me dit-elle; je te le promets! N'aie pas peur, mon bon papa chéri! Vrai, je n'ai plus bobo! Ça se passera! » Elle m'étreignait le cou de ses petites mains, elle m'embrassait que c'était une bénédiction. J'avais le visage tout humide de ses larmes à elle, qui recommencèrent à couler parce que l'enfant souffrait beaucoup. Je crois bien qu'elle souffrait ! Son front, du rouge sanguinolent, passait au noir. Mais l'idée de me rassurer, de me consoler de ma peine, l'emportait chez elle sur sa propre douleur. Était-ce assez crâne? Qu'en dites-vous, compère?

— Rien ne m'étonne de sa part. On n'en voit plus aujourd'hui de ces enfants, complets, — je dirais parfaits, dans toute l'acception du mot. De la tendresse à plein cœur ; de l'esprit, argent comptant, à tout propos ; et dans l'ordinaire de la vie, de la gaieté en veux-tu en voilà! Ce qu'elle m'a souvent diverti quand, se rappelant les observations que vous faisait sa mère, elle vous en accablait à son tour! Vous souvenez-vous de ses gronderies? Elle vous traitait comme si vous étiez un bébé, son bébé à elle. Dieu me pardonne! elle vous appelait même son enfant. Vous rentriez de votre tournée en forêt. « — Regarde donc, maman, disait-elle, comme il a chaud! Il ne peut pas marcher doucement comme un grand garçon raisonnable. Il faut qu'il coure vite, très-vite ! » Et de vous essuyer le front avec son petit tablier bleu. « — A-t-on jamais vu un enfant comme ça, continuait-elle ; il n'écoute personne, pas même moi! Je suis sûre qu'il a soif. Voyons! dis à ta maman si tu as soif. Dis la vérité! Il faut toujours dire la vérité! Veux-tu de la bière? Il dit « oui » avec ses yeux. Tu en auras ; ne pleure pas, mon enfant, je vais t'en apporter. Ah! mon Dieu, que deviendrait-il sans moi! » Et cela n'en finissait plus ; et vous oubliiez la fatigue, et avant de toucher à la bière, vous buviez les caresses et les paroles de la chère gamine! Et vous ne la quittiez pas des yeux ; et lorsqu'elle était revenue se repercher de nouveau sur vos genoux, c'est la mère qui, de son coin, en souriant, vous enveloppait tous deux de son regard.

— Je n'étais pas le seul à la maison qu'elle sermonnait volontiers. Il y avait encore un autre souffre-douleur qui, lui aussi, en prenait joyeusement son parti. Le vieux Tom, un épagneul écossais, à longues oreilles, à queue en panache. Pour un chien, on aurait pu dire qu'il est mort centenaire, tant il a vécu. Se laissait-il assez faire, celui-là! Une patience d'ange, sur mon âme! Pas une minute de repos. Tarabusté sans cesse. Elle lui fourrait, tout en rond, des fleurs sous son collier. La drôle de tête que cela lui faisait! Une autre fois, ne s'était-elle pas imaginé de lui apprendre à sauter à la corde. Peine inutile. Deux pattes de trop, sans quoi il eût réussi peut-être. Mais en revanche, il consentait de grand cœur à porter derrière elle le petit seau dont elle se servait pour faire des pâtés avec du sable. Ça n'a pas été assez. Un beau matin, j'ai aperçu Tom attelé à une petite brouette; une étrenne de votre défunte, compère, si je ne me trompe. Je risquai une observation. La donzelle me répondit qu'elle nettoyait son jardin, qu'à cet effet une charrette et un âne lui étaient indispensables, et que Tom faisait l'âne comme personne. La brouette était remplie de feuilles sèches. Je n'avais qu'à m'incliner.

— Et Tom ne protestait point?

— Jamais. J'en eusse fait autant à sa place, à la condition, bien entendu, que les voisins n'eussent pas regardé ce qui se passait chez moi. Le monde ne comprend pas ces choses-là. Les meilleurs ne dédaignent pas, à l'occasion, de dauber sur le prochain.

— Eh bien! compère, j'ai, en ce qui me concerne, un reproche à m'adresser au sujet d'Angèle.

— Vous voulez rire?

— Quand elle était toute petiote, je la voyais si remuante, si joyeuse, se laissant si bien à fond emporter par le jeu, que j'avais de fortes inquiétudes pour le jour où on l'aurait campée devant son alphabet.

— Vous nous aviez défendu de l'envoyer à l'école. Vous vous êtes obstiné à venir tous les jours, ici, chez nous, lui donner en tête à tête les premiers rudiments de votre science. C'est honteux à quel point vous la gâtiez!

— Parbleu! Etait-elle, oui ou non, ma filleule? Avais-je d'autres enfants à moi? Singulière idée qui vous surgit tout à coup, de me chicaner à ce propos! Bref, j'avais soupçonné la pauvre petite d'étourderie, de distraction, sans compter le reste. Peu après, j'ai dû lui faire amende honorable. Elle m'écoutait, elle s'appliquait; elle piochait avec un zèle exemplaire. Il y a plus: de nous deux, ce n'est point elle qui souvent a été la plus distraite. A qui la faute? Tel que vous me voyez, elle me troublait à chaque instant. Au lieu de lui donner sérieusement, méthodiquement ma leçon, je me surprenais à écouter son ramage ou bien à pouffer de rire à la suite de ses observations. Et il y en avait de toute sorte. Ça partait comme des fusées. Un jour, je lui racontais l'Histoire sainte. Je la vois encore, les deux coudes sur la table, sa jolie tête entre ses mains, les yeux fixés sur ma bouche et ne perdant pas une seule de mes paroles. Elle avait combien à cette époque? Six ans, pas davantage. Je lui expliquais le pèlerinage des Israélites à travers le désert. Cela n'allait pas tout seul. Je faisais de mon mieux pour me mettre à sa portée. Le récit ne tournait pas précisément à l'avantage des Juifs. Ils se querellaient, se battaient entre eux, oubliaient leur Dieu, négligeaient de lui adresser matin et soir leurs prières, et désobéissaient à tout propos à leur conducteur. Moïse — c'est ainsi que s'appelait ce dernier, — leur prodiguait en vain des conseils, voire même des punitions. C'était comme s'il avait chanté. Désespéré, ne sachant plus où donner de la tête, comment se débrouiller avec ce tas de méchants, il se décida à consulter Dieu. A peine venais-je de prononcer ces dernières paroles, qu'Angèle m'interpella : « Consulter Dieu ! s'écriait-elle ; Moïse était donc bien malade ? » Je fus interloqué. Le premier moment de surprise passé, j'éclatai de rire. Angèle, en réponse à ma demande, m'expliqua que dans la matinée sa mère avait dit au vieux boulanger, malade ce jour-là, qu'à sa place il y a longtemps qu'elle serait allée consulter le médecin. C'est pour vous prouver, compère, avec quelle facilité cette enfant retenait un verbe qu'elle entendait pour la première fois, et l'appliquait ensuite au besoin.

— Elle en a dit bien d'autres ; on aurait pu en tenir registre. Dieu seul sait ce qui se passait dans son petit cerveau et où elle allait chercher toutes les questions qu'elle vous débitait. Car c'était une questionneuse de première force. Elle vous aurait embarrassé des savants autrement sérieux que nous l'étions moi et ma femme.

— A coup sûr, répondis-je, puisqu'elle me troublait moi-même, dont la science est le métier.

— Jamais je n'ai été frappé à quel point la petite avait ses idées à elle, comme le jour où s'est passée la fameuse histoire du dragon.

— Ah ! oui ; je la connais, celle-là. Elle a assez dans le temps couru le pays.

— Vous vous la rappelez bien ?

— Certainement. Vous-même me l'avez racontée au moins une centaine de fois.

— Écoutez, alors.

— J'écoute. Allez !

— Un détachement de dragons, en garnison à cette époque à Saverne, avait, je ne sais plus à quel propos, expédié chez nous un brigadier suivi d'un autre dragon.

— C'était pour organiser, avec le concours du maire, une battue contre les sangliers.

— Justement. Quelle satanée mémoire vous avez, compère!

— J'ai usé ma vie à l'exercer. Continuez.

— Le dragon courut chez le maire; le brigadier se rendit chez moi. Je me trouvais en tournée. Il remisa son cheval sous le hangar et s'assit dehors, pour m'attendre, sur un banc adossé à la fenêtre. La fillette batifolait dans la chambre. A l'aspect du militaire, elle resta comme interdite. Pour la première fois de sa vie elle voyait un soldat. Le sabre, l'uniforme, les allures un peu bruyantes du cavalier, tout cela l'avait vivement impressionnée. Mais ce qui lui fit surtout ouvrir les grands yeux, c'était....

— Le casque!

— Oui, le casque. Ne m'interrompez donc pas! Elle s'est perchée sur un escabeau, et appuyée au rebord de la fenêtre toute grande ouverte, elle piqua, sans sourciller, ses regards dans le singulier couvre-chef. La crinière, la brillante calotte en cuivre, le turban en peau de léopard au-dessous; chacun de ces détails lui donnait beaucoup à réfléchir, encore plus à admirer. La crinière, à elle seule, la préoccupait outre mesure. Elle se trouvait à la portée de sa main. La petite aurait bien voulu y toucher; elle n'osait pas. Sa mère, en entrant, la surprit dans cette attitude. « Que fais-tu là, mignonne? » lui dit-elle. L'enfant descendit de l'escabeau, posa le doigt sur sa bouche, et afin de ne pas être entendue au dehors, chuchotta à l'oreille de ma femme : « Maman, dis-moi donc, pourquoi ce monsieur laisse-t-il pousser ses cheveux à travers son bonnet? » Qui fut embarrassé pour répondre? Ma femme, pardine! et cela d'autant plus qu'elle s'esclaffait de rire.

— L'enfant, repris-je, — et cette considération me frappe toutes les fois que j'entends ce récit, — l'enfant énonçait là une idée profondément philosophique, d'une façon, bien entendu, tout à fait inconsciente. Qu'est-ce qu'un soldat? Un défenseur de l'ordre à l'intérieur, de l'intégrité du pays au dehors. Eh bien! je vous demande si, pour maintenir l'ordre au dedans et défendre la patrie contre l'étranger, il faut absolument s'entourer le front de peau de léopard et se planter une queue de cheval au sommet de la tête ? Nous nous moquons des Chinois avec toutes leurs inventions. A vrai dire, ils auraient de quoi nous rendre la monnaie de notre pièce.

— Oui, oui, interrompit le forestier, Angèle faisait de la philosophie. Cela ne m'étonne point. Cette enfant était capable des choses les plus drôles.

— Si elle faisait de la philosophie ! Je le crois bien, et vais vous en immédiatement administrer la preuve. Vous vous rappelez la mort de mon frère, percepteur à Saverne ?

— Je vous vois venir, compère, répondit le forestier, avec votre histoire sur la fête dont vous avez voulu gratifier les petits enfants, et que cette mort a empêchée. Vous plaît-il que je vous la débite ?

— De grâce, Samuel, ne vous dérangez pas ! Je ne vous ai point cherché noise sur votre éternelle histoire du dragon; laissez-moi vous narrer la mienne sur la susdite fête. Vous la connaissez, j'en ai la certitude; mais chacun son tour, que diable ! Je n'ai pas bronché pendant tout votre récit.

Le forestier remplit les chopes.

— Vif comme du salpêtre ! s'écria-t-il en me tapant sur l'épaule ; vous resterez toujours jeune. A votre santé, et allèz-y ! J'ouvre les oreilles.

— Permettez-moi d'abord de préciser les faits et de rectifier une erreur grave de votre part.

— Rectifiez.

— Il ne s'agissait pas du tout d'une fête pour les enfants de mon école, ni même exclusivement pour ceux de mes amis et connaissances.

— Ils y étaient cependant tous invités.

— D'accord; mais invités par qui? Pas par moi, ni par ma femme. Les invitations avaient été lancées au nom de votre fille, de notre filleule. La petite Angèle était seule l'héroïne de la fête, attendu que celle-ci devait avoir lieu le jour anniversaire de sa naissance. On devisait de cette fête un mois à l'avance; ce en quoi tout le monde a eu tort, car les enfants, Angèle en tête, au lieu de s'appliquer à leur abécédaire, ne faisaient que jacasser sur les plaisirs et surprises que leur réservait le festival espéré avec tant d'impatience. Il est vrai que, d'autre part, ma femme et moi tenions à bien faire les choses : une tombola de petits joujoux, offerts par tous nos amis sans distinction; une lanterne magique démontrée par l'adjoint de la mairie de Saverne, le plus beau parleur du pays; un goûter sous les arbres; puis de la musique, des rondes, des farandoles, des danses; et enfin — chose qui ne s'était jamais vue au village, — un feu d'artifice! Oui, un vrai feu d'artifice, qu'un ami de mon défunt frère, lieutenant d'artillerie en garnison à Saverne, lui avait fait fabriquer par quelques soldats avisés de sa compagnie. Comme pour manipuler ces sortes d'inventions il faut une prudence extrême, je m'étais promis d'aller de ma personne à Saverne quérir les pétards, les fusées, les chandelles romaines; quelques pots de feux de Bengale dont, par-dessus le marché, on m'avait annoncé la surprise. Pas n'est besoin d'ajouter que la veille au soir de ce jour, messieurs les gamins et mesdemoiselles les gamines ont eu de la peine à s'endormir. Tel n'a pas été mon cas à moi. Le cœur joyeux et la conscience tranquille, je me livrais à poings fermés au sommeil, lorsque vers minuit, je fus réveillé soudain par le bruit d'une voiture qui s'arrêtait devant notre maison. On frappa à la porte. Le garçon qui avait conduit le cabriolet m'annonça que mon frère demandait à me parler sans désemparer. Il n'en savait pas davantage, la commission lui ayant été transmise indirectement. Ma femme fut prise d'inquiétude, assaillie de sinistres pressentiments. Je la rassurai de mon mieux, et fouette cocher pour Saverne! Elle ne se trompait pas, la chère âme; elle avait eu raison, comme toujours. A mon arrivée, mon pauvre frère avait déjà rendu le dernier soupir : une apoplexie foudroyante. Le premier moment fut dur à passer. La douleur se compliqua de tous les soucis amenés par les préparatifs de l'enterrement. Il a fallu rentrer à la maison afin de communiquer à qui de droit la triste nouvelle. Je fis la course à pied. L'isolement est bon dans les grands chagrins. On attendait mon retour; les enfants aussi. Ils savaient que je devais me rendre à Saverne pour leur rapporter le fameux feu d'artifice.

Je cheminais, absorbé dans mes pensées, lorsque, à une portée de fusil du village, j'aperçus un être blanc et rose, courant au-devant de moi de toute la vitesse de ses petites jambes. C'était Angèle. Je la saisis dans mes bras et l'embrassai tendrement. L'enfant vit ma figure dans les larmes. Elle fut consternée. Le sourire dont avait jusqu'ici rayonné son charmant visage avait tout à coup fait place à une expression de profonde anxiété. Je posai la petite à terre, et la main dans la main, nous reprîmes le chemin ensemble. Force m'a été alors de lui raconter le malheur qui venait de me frapper. « Plus de fête pour aujourd'hui, ma mignonne, lui disais-je à la fin ; nous sommes en deuil. Mon frère, — tu l'as bien connu, il t'aimait bien, il t'apportait des joujoux,— le voilà mort. On le déposera sous terre. Ne pleure donc pas, ma chérie ; c'est à moi seul de pleurer. Oui, il est mort. Que veux-tu ? Il faut en prendre son parti. Quant à la fête, nous la remettrons à l'année prochaine. Tu ne perdras rien à l'attendre. » L'enfant s'arrêta court, et fixant sur moi ses grands yeux bleus effarés :

— L'année prochaine, me dit-elle, ton frère ne sera donc plus mort ?

Moins que jamais, à ce moment-là, j'eusse trouvé la réponse. Je balbutiai quelques paroles incohérentes et allongeai le pas vers la maison. La question posée par la petite me plongea dans de sombres réflexions. « Oui, me disais-je en moi-même, l'année prochaine mon brave Pierre sera aussi bien mort qu'il l'est aujourd'hui ; mais douze mois se seront écoulés depuis sa fin, et douze mois, c'est souvent plus qu'il ne faut pour calmer les regrets et parfois faire oublier les plus cruelles pertes. Rien ne dure en ce monde ; tout passe. On a pleuré hier, on dansera demain. » Je délayais, en une interminable série de périphrases, une vérité que la mignonne, sans s'en douter, avait résumée en deux mots. Oh ! l'adorable enfant !

— J'ajouterai, reprit le forestier, qu'elle a grand mérite d'avoir bien tourné, parce que — laissez-moi revenir encore là-dessus, — vous la gâtiez beaucoup, et votre femme encore davantage.

— Nous avons passé la vie, dis-je, à nous gâter les uns les autres. C'est fort simple : nous ne formions qu'une seule famille. Votre défunte, Samuel, était une femme à vous transformer l'enfer en paradis.

— Elle avait par-ci par-là ses moments de vivacité, tandis que la vôtre, compère, je ne l'ai jamais entendue dire un mot plus haut que l'autre. Et des raisons pour disculper éternellement le monde entier ! Avec elle on aurait cru que la terre était peuplée rien que d'innocents.

— Et quelle vaillante ménagère était la vôtre ! En voilà une qui ne boudait pas à la peine.

— La vôtre, pour vous complaire, aurait, si j'ose m'exprimer ainsi, décroché des étoiles.

— Elle aurait cent fois offert sa vie, la vôtre, pour vous épargner la moindre douleur.

— En somme, nous pouvons nous donner la main. De longtemps on ne reverra pas de femmes comme étaient les deux défuntes.

— Jamais, jamais, vous dis-je !

— C'est encore possible.

Un long silence succéda à ces dernières affirmations. Le forestier, hochant la tête, achevait dans sa pensée la série des considérants en faveur de l'arrêt que nous venions de prononcer en commun. Puis il s'aperçut que les chopes étaient vides. Il se dérangea alors de son siége afin de produire un cruchon plein, lorsque je me levai à mon tour, et saisissant mon vieil ami par le bras :

— Halte-là, compère ! m'écriai-je ; j'ai mon compte. N'oubliez pas que vous êtes chez vous, tandis que moi j'ai encore bon bout de chemin à faire.

— Le coup de l'étrier ! riposta Samuel.

— Il n'y a point d'étrier. Je rentre à pied.

— Pour me faire plaisir !

— Une autre fois, de tout mon cœur.

— Pour ne pas me désobliger.

— J'en suis incapable ; vous me connaissez.

— C'est qu'alors vous n'êtes plus mon ami.

— Par exemple !

— En souvenir alors de nos deux défuntes.

— Vous m'en direz tant ! Mais c'est bien la dernière, n'est-ce pas ?

Nous trinquâmes. Le forestier se jeta à mon cou et m'embrassa sur les deux joues. Je lui rendis cordialement son étreinte.

Encore une poignée de main, et je me trouvai dehors.

Je n'entendis pourtant pas la porte se refermer derrière moi. Samuel se tenait sur le seuil ; il m'accompagnait du regard. Au tournant de sa maison, je l'avais déjà perdu de vue, que ses souhaits de bon voyage, de prompt retour, me parvenaient encore à l'oreille.

Je me dirigeai vers mon domicile.

La nuit était tombée, noire, épaisse. Le vent, qui s'en était donné à cœur joie pendant toute la journée, continuait ses évolutions. Il avait fini par traverser ma houppelande. Le frisson pénétra bientôt jusqu'à la moelle de mes os. Les nuages, qui durant la journée avaient tenu bon, vaincus dans leur résistance, signalèrent leur défaite par quelques larges gouttes de pluie; premier prélude de l'orage, qui ne tarda pas à éclater avec une violence extrême.

Le forestier l'avait prédit plusieurs heures à l'avance.

Je levai le col de mon pardessus, baissai la tête comme pour mieux affronter le déchaînement de la tempête et allongeai le pas.

Le dernier mot ne devait pas être à ma chétive personne. Après une heure de lutte désespérée, je rentrai sous mon toit, ruisselant, trempé, grelottant de tous mes membres, anéanti.

Et personne pour me recevoir, personne pour me venir en aide. J'étais seul; j'aurais pu mourir sans que figure humaine se fût penchée sur mon chevet.

Par bonheur, il m'était encore resté de l'année dernière une petite provision de bois.

Je me dépouillai de ma défroque, qu'on aurait pu tordre.

Au feu maintenant!

Une grosse bûche au fond de la cheminée; trois morceaux de bois habilement tassés sur le devant; des copeaux en dessous; le tout recouvert d'une forte poignée de sarments, et en avant la flamme!

Ma chambre s'illumine soudain.

Ah! le bon compagnon que le feu! Le dernier ami du solitaire.

J'avais largement de la satisfaction pour les yeux; mais la chaleur laissait encore à désirer. Rien jusqu'ici n'avait été préparé pour recevoir l'hiver. Les fenêtres étaient mal jointes; le vent soufflait sous la porte. L'orage, d'ailleurs, secouait ma maison, — une vraie baraque; la pluie tambourinait sur le toit et se précipitait avec des clapotements sinistres autour de l'habitation.

Il fallait, sans perte de temps, chercher son salut sous les couvertures.

Mon lit se trouvait juste en face de la cheminée. Exposition unique!

En un tour de main, j'essayai de rendre ma couchette digne de la pauvre épave humaine qu'elle allait recueillir.

Diable! les draps étaient glacés.

N'importe! Le plus somptueux lit commence par être froid. C'est au propriétaire de le réchauffer par la chaleur de son propre corps. Je m'y insinuai néanmoins avec une certaine réserve, n'osant pas, du premier coup, affronter en grand son réfrigérant contact.

Une peau de mouton en guise de couvre-pieds, et une épaisse couverture en feutre.

Une fois disparu jusqu'au menton, je m'enveloppe, je m'entortille, je m'emmitoufle; puis, avec une précaution délicate, je me retourne doucement à plusieurs reprises, afin de bien creuser mon gîte.

Ramassé sur moi-même, pelotonné d'abord, au fur et à mesure que ma couche s'échauffe, j'avance premièrement une jambe, puis l'autre, jusqu'à l'allongement définitif.

Là! me voici enfin étiré. Je me sens bien; je ne bouge plus.

Les yeux grands ouverts, je contemple mon feu, qui flambe admirablement. Quant au sommeil, celui-ci viendra lorsque cela lui fera plaisir. Le moyen de s'y abandonner au milieu de cet infernal vacarme?

Le murmure d'une pluie d'été, douce, harmonieuse, vous berce, comme le faisait dans votre enfance un chant de nourrice; mais des convulsions atmosphériques comme celle de cette nuit réveilleraient plutôt un mort.

Ah! si la métaphore voulait se laisser prendre à la lettre, je connais une tombe qui s'ouvrirait à mon premier signal.

A quoi bon caresser d'aussi absurdes rêves! La réalité les vaut bien. La tombe s'ouvrira tout de même. Je la bénis à l'avance pour le repos qu'elle va m'offrir à côté de celle à qui je devrai éternellement le bonheur de ma vie passée.

« Mieux vaut être assis que debout; mieux vaut être couché qu'assis. » Fameux homme que celui qui a inventé un pareil proverbe. Il l'aura probablement trouvé par une nuit froide, orageuse, comme celle d'aujourd'hui. Si avec cela il regardait encore son feu, sa béatitude devait être complète.

Un grand magicien, en vérité, que le feu! Non-seulement il s'agite, il brûle, il resplendit, mais de plus il donne l'apparence du mouvement, de la vie, à tous les objets sur lesquels il projette ses reflets.

Le mobilier de mon modeste intérieur semble s'animer sous

l'influence de cette lumière ondoyante et agile. Le coucou de la Forêt-Noire, quoique perdu un peu dans la pénombre du coin, active, dirait-on, son tic-tac monotone. Bon ! je m'aperçois que ce matin, en sortant, j'ai négligé de remonter les poids. Dans une couple d'heures, l'oiseau n'aura plus de quoi entonner sa chanson. Advienne que pourra ! je ne me dérangerai pas de mon lit.

Oh ! mais c'est la casserole en cuivre poli qu'il faut voir ! Elle a de la chance d'avoir été tenue si propre. Ses arêtes ont l'air de sortir de la fournaise. Elles s'éteignent et se rallument avec des clignotements rouges.

Et la petite carafe en verre de bohême, taillée à facettes, se gaudit-elle assez sur son rayon ! Autant de prismes, autant de diamants, de rubis, d'émeraudes, de saphirs. Ce n'est plus qu'un amas de pierreries, — un trésor ! Pour l'usage qu'on en fait, ces joyaux factices n'ont rien à envier aux autres. Ces derniers n'existent pas par eux-mêmes ; la lumière seule les appelle à la vie. Dans l'obscurité, entre un diamant et un caillou vulgaire, point de différence.

Un morceau de bois dans la cheminée commence à bourdonner, à siffler comme s'il voulait éclater. Il y a quelque chose là-dessous. Un petit jet de flamme bleuâtre, qu'on aurait cru comprimé jusqu'ici dans l'intérieur de la bûche, s'échappe et jaillit avec des bouillonnements, des vibrations, et un bruit, ma foi ! trop ambitieux pour un si mince résultat. Le bois, après ce joli coup, se fend par le milieu, et la flamme, plus vive que jamais, inonde de ses reflets les plus sombres recoins de la chambre.

Mon tableau, à son tour, entre dans le mouvement général. Car j'ai un tableau, un seul : une vieille gravure représentant le commandant en chef de l'armée de Moselle, le général Hoche, faisant son entrée triomphale à Lindau. Le jeune héros salue du chapeau les populations accourues à sa rencontre. Son cheval s'avance d'un pas grave et calme, comme s'il comprenait qu'il porte le cavalier au delà des limites matérielles de l'espace, qu'il le conduit vers l'immortalité. Derrière lui se presse la foule d'officiers empanachés, de hussards à cadenettes, de fantassins en uniformes rapiécés ; et tout au fond, dans un coin, un petit tambour, pas plus grand qu'une botte de cuirassier, un vrai gamin, suivi de deux fifres, s'escrime sur son instrument, tandis que ses acolytes, les joues gonflées, soufflent, pareils à des enfants de Borée.

Ça devait être à coup sûr la *Marseillaise.* L'orchestre n'était pas au complet, mais un chœur formidable de soldats et de population remplaçait avec avantage les cuivres et les trombones absents.

Ce n'est pas dans notre siècle à nous que tout cela s'est passé. Heureux ceux qui ont vécu alors ! Ils étaient si fiers, si joyeux d'offrir leur vie à la patrie.

Assez sur ce sujet ! Quand le chœur bat la chamade, le sommeil fuit les paupières.

Tiens ! sur le cadre noir de la gravure, une éraflure toute fraîche ! Le feu la pique d'un point blanc.

Maladroit ! je ne sais plus, d'une main légère, épousseter mon logis. Manque d'habitude. Ça n'a jamais été mon affaire à moi. Je laisse tout dépérir, et ma personne avec.

Et pas moyen de m'endormir ! Décidément, il me faut une vie très-réglée et point d'excès d'aucune sorte.

A la bonne heure ! Je ne suis donc pas seul à veiller. Un frémissement d'ailes dans la cage, et le petit bruit sec de chènevis que mon bouvreuil s'amuse à décortiquer. La lumière l'aura réveillé, et il ne perd pas un coup de bec. Ce que c'est vorace, ces oiseaux ! Ça ne pense qu'à manger. En suis-je bien certain ? Peu de cervelle, il est vrai, mais pour un aussi petit corps, il n'en faut sans doute pas davantage. Dans tous les cas, s'il pense à quelque chose, ce n'est point à la joie qu'il éprouve d'animer la solitude d'un vieillard. Parce que je vis seul, est-ce une raison de le condamner, lui aussi, à l'isolement ? Un défi jeté à la nature, une iniquité, une tyrannie ! Et de quel droit, s'il vous plait ? La force prime le droit. Non, non ! pas de cette théorie-là, à aucun prix ! ici, chez moi, moins que partout ailleurs. Je garderai mon pauvre bouvreuil tout cet hiver. Un froid rude peut survenir. On a vu souvent des oiseaux gelés. Mais au printemps, rassure-toi, mon bonhomme ! tu auras ta liberté ! Que les oiseaux, au moins, en jouissent !

« Je parle des oiseaux, me disais-je mentalement, et en aucune façon de certaines petites bestioles qui ont l'air de vouloir profiter de mes dispositions débonnaires pour grignoter à leur aise dans mon garde-manger. Je vous entends d'ici, mademoiselle la Grise, et si cela continue ainsi, demain nous réglerons nos comptes. Gourmande ! vous serez punie par où vous péchez. A-t-on jamais ouï pareil sabbat ! Hou ! la vilaine !

Elle aura entendu mon exclamation : plus personne. C'est bien. Demain, à l'inspection, si le dégât n'est pas considérable, on essayera d'un compromis. A tout péché miséricorde ; quoique, après mûre réflexion, une souricière convenablement amorcée ne sera pas à dédaigner. On verra après.

L'orage s'apaise. L'averse, elle aussi, a épuisé sa violence et se résout en une pluie banale qui, pour le plaisir ou le bien qu'elle produit, aurait aussi bien fait de s'abstenir. Enfin ! c'est son affaire ; elle finira par cesser un moment ou l'autre.

Mes paupières s'alourdissent un peu, sans se décider pour cela à se clore définitivement. Les trois morceaux de bois sont consumés. La grosse bûche seule résiste toujours. Il y a plus ; à son tour, elle s'embrase, pétille, flambe et se met à faire des siennes.

Un vague indéfini s'empare de ma pensée. Mes yeux, saisis par une sorte de fascination, se fixent machinalement sur ce qui reste de feu. Je ne regarde plus, je vois cependant encore. Des charbons incandescents s'étalent sur le devant de la cheminée. Peu à peu, une couche légère de cendre les recouvre. Les effluves de la chaleur parviennent jusqu'à mon chevet. La lumière faiblit graduellement. Ma chambre et les objets qui la garnissent s'enfoncent dans l'obscurité. Le fond du foyer reste encore lumineux ; il brûle sans produire le plus léger flocon de fumée. Le long de la bûche carbonisée, rampe à la queueleuleu une procession d'étincelles. Dans mon enfance, ma nourrice me contait qu'un semblable cortége figurait une rentrée de nonnes au cloître. En effet, voici l'abbesse. La voilà disparue. Les nonnes la suivent en sautillant, et s'éclipsent à tour de rôle. Tout le monde au bercail. La tourière, qui cheminait à l'arrière-garde, vient de fermer sur elle la porte du couvent.

Cette brave Marthe, ma vieille nourrice, quel cœur d'or c'était! Qui m'eût dit qu'après tant d'années je penserais aujourd'hui à elle ! En voilà une qui ne tarissait pas en récits amusants et saugrenus sur le compte du feu. Elle risquait même des prédictions d'après la manière dont il brûlait. J'ai beau examiner celui-ci en ce moment, je ne prévois rien sinon qu'il va s'éteindre bientôt.

Ma prophétie se réalise. Mon feu est en train d'exhaler son

dernier soupir. Pas tout à fait cependant. Du fond de la cheminée, comme pour me souhaiter une bonne nuit, jaillit un suprême jet de flamme. Il se bifurque à la pointe, sous forme de banderole d'une lance de lancier. Il s'agite, serpente, flotte en l'air, et se diapre de certaines couleurs qui, hélas! ne me sont point inconnues. Du bleu saphir à la hampe, presque blanc au milieu; rougeâtre, voire même rouge au bout.

Oh! les merveilleuses nuances!

Se sont-elles éteintes au moment où je les contemplais, ou bien mes paupières ont-elles fini par se fermer pour de bon? — Je ne me rappelle plus au juste.

Lorsque je me réveillai, le soleil était déjà depuis longtemps levé.

CHARLES EDMOND.

Nancy. — Imprimerie Berger-Levrault et Cie.